再見！我們的幼兒園

文｜**新澤俊彥**

　　1963年出生於日本東京，是一名創作型歌手，曾擔任幼兒園保育員、日本童謠協會理事、神戶親和女子大學客座教授、中部學院大學客座教授和兒童歌謠研究中心所長。目前從事保育研習會的講師，以及舉辦演唱會，工作範圍橫跨作詞、作曲、歌唱、演奏、執筆、演講等多元領域。

　　曾於2022年以作品集《新朋友，從現在開始當朋友》，獲得第51回童謠獎特別獎。樂曲代表作品《世界上的小朋友們》，曾被選入小學教科書；繪本作品有《彩虹》、《踏出第一步》、《誰看到了星星》、《好開心、好開心》、《生日快樂》、《不管何時我們都是好朋友》（以上暫譯）等。

圖｜**宮西達也**

　　1956年出生於日本靜岡縣，日本大學藝術學院美術系畢業。作品《你看起來很好吃》獲劍淵繪本之里大獎、《今天運氣怎麼這麼好》獲講談社出版文化獎繪本獎，是一位獲獎無數的創作者。

　　在小熊出版的作品有《傳說中的巧克力》、《媽媽，對不起！》、「宮西達也獨角仙武士」系列、《忍者學校前傳：活著最重要的事》、《忍者學校：世界上最重要的東西》、《廚房用具大作戰》、《走呀走，去散步》、《正義使者：晃晃星人之卷》、《正義使者：奇幻超人之卷》、《加法超人與算術星人：宮西達也的數學繪本》等。

翻譯｜**蘇懿禎**

　　臺北教育大學國民教育學系畢業，日本女子大學兒童文學碩士，目前為東京大學教育學博士候選人。熱愛童趣但不失深邃的文字與圖畫，有時客串中文與外文的中間人，生命都在童書裡漫步。夢想成為一位童書圖書館長，現在正在前往夢想的路上。

　　在小熊出版的譯作有《傳說中的巧克力》、《媽媽，對不起！》、《貓咪拉麵店》、《貓咪西餐廳》、《媽媽上班時也想著你》、《吵架了，怎麼辦？》、《被罵了，怎麼辦？》、《歡迎光臨小兔子咖啡館》、《歡迎光臨小兔子冰菓鋪》、《歡迎光臨小兔子點心屋》、「媽媽變成鬼了！」系列等。

※本書為新澤俊彥作詞、島筒英夫作曲的「さよならぼくたちの ようちえんほいくえん」（Ask Music發行），將歌詞繪本化的作品。歌詞中反覆的部分，已於繪本中省略。

※親子共讀繪本時，可將「幼兒園」換成孩子就讀的園所班級名稱喔！

再見！
我們的
幼兒園

文／新澤俊彥
圖／宮西達也
翻譯／蘇懿禎

小豬幼兒園

我們曾經在這裡擁有
好多好多的每一天。

啊哈哈哈
嘿呵呵呵

我們一起笑過。

哇哇哇
嗚嗚嗚嗚
吸吸鼻子

我們一起哭過。

還一起感冒過。

小豬幼兒園

我們和好多好多朋友，
每天在這裡開心玩耍。

在那裡奔跑，

在那裡跌倒，

也在那裡吵過架。

小豬幼兒園

再見、再見！
再見了，我們的幼兒園。
再見了，我們一起玩耍的遊樂場。

當櫻花花瓣輕輕飄落，我們即將是——

背著書包的小一生了。

小豬幼兒園

我們曾經在這裡擁有
好多好多的每一天。

開心的時刻、
難過的時刻，
我們都不會忘記。

小豬幼兒園

我們和好多好多朋友，
每天在這裡開心玩耍。
一起打水仗、

一起堆雪人，
我們都不會忘記。

再見、再見！
再見了，我們的幼兒園。
再見了，我們一起玩耍的遊樂場。
下次再來這裡玩的時候——

小豬幼兒園

我們已經是
背著書包的小一生了。

再見、再見！
再見了，我們的幼兒園。
再見了，我們一起玩耍的遊樂場。

當櫻花花瓣輕輕飄落，
我們即將是背著書包的小一生了。

在驪歌響起的季節，孩子拿到了人生中第一張畢業證書，相信這是一個充滿感動的成長時刻，也會是一段值得珍藏與重視的快樂回憶。畢業是另一個學習階段的開始，希望透過本書讓孩子知道，和幼兒園說再見，是成長的重要里程碑，因為在踏入小學之後，有更寬廣的世界等你去探索！小熊出版祝福每個即將從幼兒園畢業的孩子，擁有燦爛美好的明天，充滿信心的迎向未來！

——小熊出版

精選圖畫書

再見！我們的幼兒園

文：新澤俊彥｜圖：宮西達也｜翻譯：蘇懿禎

總編輯：鄭如瑤｜主編：陳玉娥｜責任編輯：韓良慧｜美術編輯：楊雅屏
行銷副理：塗幸儀｜行銷助理：龔乙桐
出版：小熊出版・遠足文化事業股份有限公司
發行：遠足文化事業股份有限公司（讀書共和國出版集團）
地址：231 新北市新店區民權路 108-3 號 6 樓
電話：02-22181417｜傳真：02-86672166
劃撥帳號：19504465｜戶名：遠足文化事業股份有限公司
Facebook：小熊出版｜E-mail：littlebear@bookrep.com.tw

讀書共和國出版集團網路書店：http://www.bookrep.com.tw
客服專線：0800-221029｜客服信箱：service@bookrep.com.tw
團體訂購請洽業務部：02-22181417 分機 1124
法律顧問：華洋法律事務所／蘇文生律師｜印製：凱林彩印股份有限公司
初版一刷：2023 年 8 月｜定價：350 元
ISBN：978-626-7224-96-0
書號：0BTP1142

國家圖書館出版品預行編目 (CIP) 資料

再見！我們的幼兒園／新澤俊彥文；宮西達也圖；蘇懿禎翻譯. -- 初版. -- 新北市：小熊出版：遠足文化事業股份有限公司發行, 2023.08
32 面；21 ╳ 24 公分. --（精選圖畫書）
譯自：さよならぼくたちの ようちえんほいくえん
ISBN 978-626-7224-96-0（精裝）

1.SHTB: 圖畫故事書 --3-6 歲幼兒讀物

861.599   112010353

『さよならぼくたちの ようちえん ほいくえん』
Text copyright © Toshihiko Shinzawa 2022
Illustrations copyright © Tatsuya Miyanishi 2022
First published in Japan in 2022 under the title
" SAYONARABOKUTACHIINO YOUCHIEN HOIKUEN "by KIN-NO-HOSHI SHA Co., Ltd.
Traditional Chinese translation rights arranged with KIN-NO-HOSHI SHA Co., Ltd.
Through Future View Technology Ltd. All rights reserved.

小熊出版官方網頁　小熊出版讀者回函

 再見！我們的幼兒園